KB213803

까짓것

창비
청소년
시 선
09

까짓것

이정록 시집

창비

차
례

제2부

물로 본다

제1부

미리
말하랬잖아

미리 말하랬잖아

왜 말하지 않았냐고요
언제나 미리 말했잖아요
괜히 방문을 쾅쾅 닫았겠어요
침대에 누워 일부러 발을 굴렀겠어요
눈길 마주친 적 오래됐잖아요
앞머리로 검은 커튼을 치고 다녔잖아요
휴대폰 배터리도 빼 놓은 채 이어폰 끼고 있었잖아요
카톡 상태 메시지 보셨잖아요
겨울잠 자는 곰도 아닌데 왜 불 끄고 있냐고
스위치 올려 준 적 많잖아요
토요일 일요일에도 몇 주째 잠만 잤잖아요
아침밥은 거들떠보지도 않고 첫차 타고 학교에 갔잖아요
현관문 앞에서 서성거리는 내 등짝을 떠민 적 있잖아요
왜 말하지 않았냐고요
점심 급식 끊을까 말했잖아요
수학여행 가지 말까 말했잖아요
기숙학원에 갈까 말했잖아요
휴지 한 통을 껴안고 이불 뒤집어쓴 적 많았잖아요

붉어진 눈을 보고 눈병 걸렸냐고 물은 적 있잖아요
자다 깨어 골목길을 스무 바퀴나 돈 적도 있잖아요
새벽에 땀범벅이 되어 들어오는 나를 봤잖아요
격투기나 권투를 배우고 싶다고 말했잖아요
피가 날 때까지 손톱을 물어뜯었잖아요
학교 사진은 다 찢어 버렸잖아요
다 알고 계셨잖아요

생활기록부

기록되는 것만 생활이 아니잖아요
개펄을 지나가는 달랑게 발자국처럼
갯지렁이의 배밀이 자국처럼
그런 기록은 썰물 한 번에 다 지워지죠
매주 노인정에 나가서 효자손 노릇을 했다고
꽃동네나 다문화 아이들의 학습지도를 했다고
줄줄이 봉사 활동 시간을 계산하고 각종 스펙을 늘어놔도
대학 합격이 썰물이 되어 흔적마저 지운다면
그게 무슨 질풍노도의 삶이겠어요
성난 파도는 바닷물을 뒤집어 생명을 불어넣죠
세찬 바람은 뿌리와 열매와 이삭의 힘줄을 억세게 하죠
저는 소설을 쓰는 작가가 될 거예요
저는 연구 분야 독서 기록란을 텅 비워 놓을 거예요
제가 늘 책을 읽는다는 거 아시죠
아직은 기록보다는 생활이 중요해요
끝내는 생활보다 삶을 기록하는 작가가 될 거예요
평생 파란만장하게 살아갈 거예요
제 연구 분야는 되도록 텅 비워 주세요

썰물이 지나간 듯 깨끗하게 시작할래요

쏠림

실외 조회 시간에
사람이 키워서는 안 될
개 두 마리에 대해 들었다
그건 편견과 선입견이라고 했다
일견, 맞는 말이다
그런데 우리가 무슨 돈으로
편견과 선입견을 분양받았을까
교과서나 문제집에 껴들어 왔겠지
가슴과 머리에 개털이 날린다면
그건 분명 어른들이 버린 개가 쳐들어온 거다
개는 비린내를 좋아한다
참치 갈치 삼치 준치처럼
맛난 물고기 이름은 대개 치 자로 끝난다
그러니까 눈치를 키워야 한다
척하면 척! 월척을 품어야 한다
편견과 선입견도 눈치코치가 만든 거다
오동잎 하나 지는 걸 보면
천하에 가을이 온 줄 알아야 한다*

하지만 편견과 선입견도 중심만 잡으면
강으로 모여 바다에 다다르고
앞산 뒷산 그러모아 산맥이 된다
올곧은 편견이 우주의 발소리를 듣는다
치우침이 아니라 쏠림이다
사랑은 내 편견의 총합,
처음 네 웃음을 보고
우주에 봄이 왔음을 알았듯

* "오동잎 하나 떨어지는 것을 보고, 천하 사람들 모두 가을이 온 줄 안다
(梧桐一葉落 天下盡知秋)." 청나라 강희제(1654~1722) 때 간행된 『어정패
문재광군방보(御定佩文齋廣群芳譜)』에서.

빵 셔틀

학교 매점에
가끔 천사가 나타난다.
매점 아저씨의 얼짱 막내딸이다.
가까운 은행에 근무하다
점심시간마다 아빠를 도우러 오는 천사다.
예쁘고 상냥한 음악 선생님보다
백배는 더 섹시하고 사랑스럽다.
서로 자기 여친이라고 가슴을 친다.
관심 없는 척하는 아이들도 기린이 된다.
책장을 뚫고 나와 윙크하는 그녀,
점심시간 천사의 나팔 소리에 맞춰, 오합지졸
까마귀 입에 물린 개구리처럼 꽥꽥거린다.
팔백 원짜리 피자 빵이 최고로 인기다.
천 원짜리 햄버거는 거들떠보지 않는다.
이백 원이 아까워서도 싸서도 아니다.
햄버거는 다른 시간에 누나 몰래 먹는 거다.
천 원을 내고 이백 원을 거슬러 받을 때
스르르 이브의 손이 뱀처럼 스친다.

이처럼 짧고 강렬한 손맛이 있을까.
빵 셔틀은 왕따의 전유물이 아니다.
천사가 매점에 재림하면
빵 셔틀을 하겠노라 징징대며
학교 짱이 코뿔소처럼 뛰어다닌다.

교문

닫아도 훤히 들여다보이는 교문,

잠결에 몸만 뛰어온 아이들의 영혼이

뒤늦게라도 따라 들어올 수 있게 만든 것이다.

담을 넘다가 얼먹을까* 걱정한 까닭이다.

부랴부랴 눈 감고 달려온 어린 영혼이

쇠창살에 부딪힐 때마다, 교문은

저 혼자 입술 깨물며 차갑게 운다.

* 얼먹다: 골탕 먹다. 금이 가고 멍들다.

번데기

체육 시간만 되면
날개가 솟아나고
뒷다리가 뻗쳐 나온다.
이마 위에 부레가 부풀어 오른다.
성태가 책상에 엎드려 있다.
성태 엄마가 위급하단 얘기를 들었다.
책상 위에 막 변태를 마친 껍질들이
아무렇게나 널브러져 있다.
성태는 후드 티를 머리까지 뒤집어썼다.
끝까지 지키고 버텨야 할 것을
둥글게 말아 꼭 품고 있다.
부레가 꺼져서 얼굴을 덮는다.
오금이 저린지 다리를 꼰다.
날개로는 담요를 만들어서 덮는다.
양호실에 갔다고 할게. 불을 끄고 나간다.
따라 내보내지 못한 게 있는 듯
책상 위 껍질들이 몸을 둥글게 만다.

징계가 좋다

어머니가 학교에 불려 왔다
모두 잠든 밤에 승용차를 몰고 나갔다가
아파트 주차장에서 사고를 냈기 때문이다
일 년 넘게 무사고였는데 오점을 남겼다
주차를 하다가 사이드미러를 부러뜨렸다
어머니는 경찰부터 불렀다 아들이 주인공으로
CCTV에 출연한 걸 보고는 싹싹 빌었단다
하지만 국가 세금으로 출동한 경찰이 돌아갈 리 만무
아들과 원만하게 합의하겠다는 울음 섞인 부탁에
경찰은 학교에 통보하는 선에서 마무리해 주었다
담임은 호루라기를 잃어버린 경찰처럼 혀만 찼다
원만한 합의와 초범임과 일 년 내내 무사고였음을
간절하게 어머니가 몇 번이나 말했기 때문이다
아들을 안아 본 게 언제예요
마지막으로 함께 마트에 가 본 게 언제예요
함께 산책하거나 배드민턴을 쳐 본 건요
담임은 대답하기 곤란한 질문을 던지는 데 선수다
생활지도와 상담 전문이라는데 정말 꽝이다

아들은 잘못이 없으므로 징계는 없다 한다
어머니가 잘못한 거라서 엄마를 징계한단다
일주일 동안 점심때마다 도시락 싸 와서
학교 뒷동산에 올라 데이트하는 거란다
오늘은 손을 꼭 잡고 한 시간 걷는 거란다
담임이 내 손과 엄마 손을 동그랗게 묶는다
내 손과 엄마 손이 담임의 두 손 안에서
쌍태아처럼 꼼지락거린다 엄마 얼굴이 빨개진다
분필 지우개 같은 담임 손을 보니 돌아가신 아버지가 떠
오른다
엄마가 내 나이와 생일을 손가락으로 꼽는다
운전면허 학원에 등록시켜 준단다
손을 뿌리치고 만세를 부르려다가
삼 층에서 내다보는 담임을 본다
나는 처음으로 자동차학과에 가고 싶다고 말한다
엄마 손이 작고 뜨겁고 촉촉하다
엄마가 내 얼굴을 오래도록 들여다본다
네가 갑자기 큰 데다가… 아빠도 떠나셔서… 하루하루…

나도 힘들고… 네가 화낼까 봐… 너도 사라질까 봐… 무
서웠어…
　손을 맞잡으면 태아의 고사리손처럼 양수가 고인다
　근데… 담임 선생님… 쉰 살 노총각이라며…
　엄마의 짝사랑이 시작된 거 같다
　이제부터 담임에게 잘 보여야겠다
　어쨌거나, 엄마의 연애는 초보이고
　사고 경험도 있으니까

인간 담배

　교실 커튼 둥글게 말아 그 안에서 담배를 피우다가 담임에게 들켰다. 학생부로 넘어가면 사회봉사 한 달이다. 학급문고 중에 가장 무거운 책을 다섯 권이나 들고 서 있다. 담임 선생님은 학생 징계 회의에 가서 굽신거리는 게 싫은 거다. 학급 경영 잘 못한다고 눈치받는 게 쪽팔리는 거다. 저 마음의 팔 할은 내 책임이다. 점심 약속이 있는지 꾸지람이 짧다. 조금 고맙다. "너 같은 놈은 기네스북에 올려야 해. 커튼으로 자신을 말아서 인간 담배를 피운 놈은 처음일 거야." 반성문 쓰는 대신 인터넷에 나오는 기이한 담배 이야기를 발표하란다. 커튼에 뚫린 담배빵이 째려본다. 봄 햇살에 김이 피어오른다.

소변기 사용법

마음 수련 첫걸음은?
—눈물, 남자가 흘리지 말아야 할 것은 눈물만이 아닙니다.
세상 모든 진리의 꼭짓점은?
—한 발 더 가까이, 대상과의 밀착.

요번 회의 안건은 소변기 청결 사용 방안입니다.
여러분들의 생각을 아낌없이 방사해 주시기 바랍니다.
1. 눈높이에 맞춰 중간고사 예상 문제를 개미 코딱지만
하게 적어 둡시다.
2. 소변기 속 파리를 다시 붙입시다. 너무 낮아서 튕겨
올라 얼굴로 분사할 때가 많습니다. 개인차가 많으니 파리
의 위치 및 소변기의 크기가 다양했으면 좋겠습니다.
3. 파리 대신 '합격' 스티커를 붙여 놓읍시다.
4. 실내화를 벗고 맨발로 화장실을 이용합시다.
5. 안쪽 소변기는 파리를 떼어 내고 고함원숭이의 뒤통수
사진을 붙입시다. 그 소변기만 이용하는 친구를 우정으로 감
쌉시다.

투표 결과를 말씀드리겠습니다.

5번과 2번 안입니다.

우리 모두 한 발 더 가까이 진리에 다가섭시다.

그리고 뒤통수의 주인이 되지 맙시다.

좋은 날이니까

교통사고로
두 달 만에 학교에 갔다
놀이공원으로 봄 소풍 간다기에
꾹 참고 일찍 퇴원했다

담임쌤이 반갑게 손을 잡았다
악수한 채 안아 주었다

"손아귀 힘이 세졌네. 병원에서 운동했구나"
"뼈마디에 쇠 박아서 그래요"
"유머도 장난이 아닌데"

담임쌤이 윙크를 날렸다
사실 나는 왼손잡이다
쌤이 오른손을 꽉 쥐었을 때
새조개 껍데기처럼 바스러질 뻔했다
소풍날이라서 참고 웃은 거다
깁스해 본 사람은 알 것이다

참는 데 도사가 된다

손이 껍질 벗은 꽃게 같다
깁스를 풀었으니 껍질을 벗은 건 맞다
집게발 닮은 목발도 벗었으니까
신나게 탈게 숨게 찾을게
뽑게 마실게 뛸게 춤출게
거품 물고 놀아나 볼게

잠꼬대

꼬일 대로 꼬이면 잠도 꼬인다
잠에서 깨어난 잠결이
헝클어진 자신을 쥐어뜯으며 잠꼬대를 한다
반대로 꼬아서 잠결을 풀고 싶지만
잠결이라서 더 꼬인다
다 풀리지 않은 잠꼬대가
잠꼬대 가득한 가방을 메고
잠꼬대 가득한 전철을 탄다
엊저녁 상담 끝자리에서 들은
잠꼬대 그만하고 집에 가라는 말이
계단을 올라간다 아직 잠이 덜 깼냐
무슨 잠꼬대 같은 말이냐
에그 답이 없어! 문제덩어리 수학책이
잠꼬대 가득한 사물함에 갇힌다
줄을 선 잠꼬대들이 빈 식판으로
쏟아지는 잠을 받들고 있다
이대로 쭉 가는 게 진로라고 한다
아무래도 대학 입학은

침대나 잠꼬대가 좋겠다

문제아

초등학교 사 학년 때
아빠한테 처음 들은 말이지요.
어떤 물은 한번 엎질러지면
오래되어도 흥건하게 남아 있죠.
넌 늘 문제를 풀어야 하니까
아빠가 문제아라고 농담한 거야.
엄마가 놓친 물그릇을 바로 세우려고 했지만
때는 이미 늦어 버렸지요.
갈림길을 만날 때마다 저는 용기를 잃었죠.
꿈이 깨질까 봐 멈칫거릴 때마다
떨리는 눈빛과 잦은 실수는 서로 뭉쳐서
문제아로 자라기 시작했죠.
가래침을 멀리 내뱉기 시작했죠.
두려움은 마음을 오그라뜨리고
발길질과 주먹을 단단하게 키우죠.
정말 문제아가 아닌데 말이죠.
덩치가 커진 만큼 걱정이 자란 것뿐인데,
선택과 집중 앞에서 서성거릴 때마다

얼굴은 점점 붉게 부풀어 올랐죠.
달아오른 얼굴을 작게 만드는 방법은
얼굴이 더 커다란 녀석들과 어울려 다니는 거죠.
오늘은 생기부에 기록할 장래 희망을 써냈어요.
제 장래 희망란엔 '아버지'라고 썼어요.
아버지는 거침없는 사나이니까요.
그리고 부모님 희망란에는 '사람'이라고 썼어요.
언제 사람 될래? 언제쯤 사람 구실 할래?
늘 말씀하시던 대로 써냈어요.
'꼭 필요한 사람'이라고 하려다가
폼 나게 '사람'이라고 썼죠.

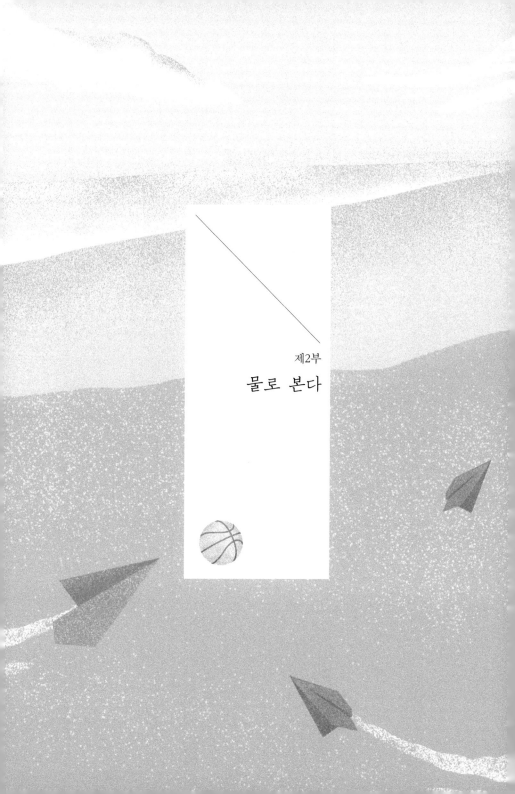

제2부

물로 본다

벌레

평생을 꿈틀거렸구나.

날개 한두 쌍 꺼내려고,

풀

오늘 영어 시간에
풀에 대해 배웠다.
풀타임과 풀 서비스까지.

나는 염소와 토끼의
불룩한 배를 떠올렸다.
고삐 풀린 망아지와 송아지를 생각했다.

맘껏 풀을 뜯어 먹는 풀타임과
맘껏 뜯어 먹도록 풀어 주는 풀 서비스를.

입에 풀칠하는 게 소원이야.
풀타임으로
풀 서비스를.

속이 허해서

체육 시간인데도
등나무 벤치로 간다.
속이 허해서 수돗가로 가서
수돗물 냄새를 벌컥벌컥 마신다.
속이 허해서 수업 시간에도 매점은 바쁘다.
속이 허해서 들고 나온 참고서를 펼쳐 본다.
참고서를 둥글게 말아 친구 등짝을 후려친다.
맞은 친구가 쫓아오지도 않는데, 속이 허해서
전심전력으로 도망쳤다가 가까이 다가가서 맞아 준다.
속이 허해서 몇 대 더 주고받는다. 아무런 말도 없이
운동장을 가로질러 농구장으로 간다.
축구하던 애들이 빈속에서 다리를 꺼내어 태클을 건다.
아무 편이나 되어 아무 쪽으로나 축구공을 찬다.
속이 허해서 축구공이 아웃된다. 농구 림(rim)도
터진 자루로 농구공을 잘도 받아먹는다.
속이 허해서 교무실도 컴퓨터실도 교실도
창문을 열고 펄럭펄럭 커튼을 내뱉는다.
간식은 선택, 야식은 필수! 밤 아홉 시가 되면

세상은 교문 앞으로 봉고차를 몰고 와 야식을 즐긴다.
밤새 속이 허해서 학교는 뛰어오는 아이까지 받아 삼킨다.
병원 들렀다가 점심나절에 오는 식은땀까지
후루룩 삼켜 버린다. 학교는 늘 속이 허해서
숟가락과 젓가락과 식판이 많다.

오늘은 집에 들어갈게요

조퇴시켜 주서서 고마워요.
부산 태종대에 왔어요.
찻길로 걷는 게 위험하단 건 알아요.
갓길 옆 낭떠러지가 무서워요.
천 길 벼랑에서 꽃들이 손짓해요.
흘끔거릴 때마다 발바닥을 타고 올라
심장을 지나 눈동자까지, 야생화 뿌리가 벋어요.
산양 울음이 파도 소리와 화음을 맞추네요.
산양 먹이로 책을 쏟아 주고
뿔에 빈 가방을 걸어 주면 얼마나 즐거울까요.
새들도 거꾸로 날아가고 있어요.
갓길로 몰아붙이지 말아요.
아스팔트에 밤이슬이 내리면 별이 떠요.
따스한 별자리에 벌러덩 누워요.
태초의 빛인 양, 굉음이 달려오네요.
"죽으려고 환장했어!"
하느님이 급브레이크를 밟네요.
맞아요. 하느님이 당장 해야 할 일은 일단정지예요.

곧 새벽이 오겠지요.

벼랑도 밤새 풀뿌리를 잡고 기어올랐군요.

오늘은 집에 들어갈게요.

갓길에는 꽃들이 가득 피었어요.

교복은 처음부터 갓길이지요.

언제든 조퇴시켜 주신다고 약속해 주세요.

그 꽃길에, 제 교복도

서행으로 다시 피겠지요.

플라타너스나무 아래에서

초등학교 삼 학년 때까지
플라타너스를 발음할 수 없었다
늘 꼴등이었기에 다들 당연하다고 여겼다
혀짤배기는 놀이의 중심으로 껴들 수 없기에
나름 머리를 굴려 풀났다탔어나무라고 얼버무렸다
플라타너스와 풀났다탔어, 그 언저리에 궁둥이를 걸쳤다
몸의 반만 나무 그늘에 들어가 있었다
이마는 찡그리고 입꼬리는 억지웃음을 지었다
플라타너스 이파리처럼 이마는 반질거리고
나방처럼 등에는 털이 돋아났다
운동장 가득 떨어진 플라타너스 이파리를 혼자 청소한
적도 있다
매점 창고에 몰래 들어갔다가 들킨 날이었다
이제 내 나이 열다섯, 오늘도
플라타너스 이파리처럼 울퉁불퉁한 욕지거리를 들었다
이유는 말하지 않겠다 플라타너스나무 아래에 어둑하게
앉아 있었다
넌 밑바닥 인생이야, 라는 말 채찍이 아직도 가슴을 후려

친다
   그래, 이왕 바닥을 칠 거라면 저 이파리를 닮아야겠다
   등짝에 성에처럼 세운 차가운 가시
   밟히기보다는 차이는 게 낫다는 저 주먹손
   부서질 채비를 마치고 어디든 날아가는
   그를 몇 년 만에 불러 본다
   풀났다탔어나무
   뿔났다났어나무

높임말

커피 나오셨습니다.
아메리카노 시키신 분
커피 나오셨습니다.

커피 한 잔 값이
제 시급에 맞먹지요.
당연히 높임말을 써야지요.
제가 뜨겁게 모시는 분이니까요.

왕관을 쓰시고
눈꽃빙수께서 나오셨습니다.
당연히 존댓말을 써야지요.
세상은 언제나 성에처럼 내치는
냉정한 얼음나라니까요.

커피가 나오시면
진동 벨에 불이 들어오실 겁니다.
천국의 맛으로 인도하실 겁니다.

엔젤 인 어스, 두 손으로 잘 받드십시오.

태초에 빛이 있으셨지요.
부르르, 전율이 있으셨지요.

슬픈 종착

규직이는 좋겠다.
서른 살쯤이면 너를 더 좋아할 거야.
네 이름을 입에 달고 살 거야.
약사 세무사가 꿈인 친구도
검사 변호사 감리사 사업가가 꿈인 애들도
다들 주문처럼 네 이름만 부를 거야.
규직아. 오, 정규직아.

독도에서 쓰는 편지

일군(日君)에게

잘 지내는가?

봄은 왔다지만 아직은 바닷바람이 차갑네.

자꾸만 한지가 펄럭거려서 오늘의 편지는 짧게 써야겠
네.

요즈음 자네 집안이 먹고사는 걱정을 놓을 만큼 넉넉해
졌다는 소식

이러저러한 길로 들었네. 남에게 나눠 줄 만큼 양식이
있다는 것

복된 일이지. 옛날, 피로 얼룩진 자네 어른들처럼

양식을 팔아 총칼을 쟁여 두는 일은 없어야 할 것이네.

바닷바람에 종이가 찢길 듯 펄럭이네.

서둘러 본론을 말해야겠네. 일군(日君)!

요즈음 독도가 자네 집안 땅이라고

어린것들에게도 가르친다는 게 참말인가?

머리띠 두르고 어거지 축제도 연다는 게 사실인가?

역사란 게 호주머니 안에서 제 거시기 주물럭거리듯

호락호락하지 않다는 거 아직도 모르고 있는가?

잿빛 구름 속에서 무릎 꿇었던 게 엊그젠데 말일세.

우는 아이 젖 준다는 말만 계명(誡命)처럼 받들며 징징거릴 겐가?

일군(日君)! 이웃도 반은 가족인 것이네.

자네 집안이 잘 살고 반듯하면 반은 우리 집안의 경사인게지.

내 하는 말 잘 여며 듣게. 울어도 젖 안 나온다고.

그저 젖 모양의 돌섬일 뿐이라네.

자네 집안의 빗나간 욕심 때문에

우리 집안이 아직도 괴로운 나날을 견뎌 온다는 것은

배운 자네뿐 아니라 삼척동자도 아는 일이네. 일군(日君)!

솔직히 독도는 불끈 쥔 주먹이라네. 그러니

젖 달라고 징징대다 보면 쥐어박힌단 말이지.

먼바다 밖에다 시린 두 주먹을 내놓고 사는 우리 집안은

몸과 마음이 얼마나 시리겠는가? 자네는 그래도 배운 사람 아닌가?

어른들께도 잘 이르게. 우리도 두 주먹을 펴고

자네 집안과 어깨동무를 하고 싶단 말일세.

이웃 사이에 담을 허물면 마당이 두 배로 넓어지는 것이지.
간혹 한솥밥도 먹고 말일세.
봄바람 자면 다시 소식 넣을 테니
그때는 숟가락 젓가락 섞어 보세. 껄껄 웃으며
마당 한가운데다 두레밥상 좀 차려 보세.
일군(日君)! 노파심으로 다시 한번 이르겠네.
이제 그만 칭얼거리게나. 독도는
아직은 불끈 쥔 두 주먹이라네.

추신:
먼젓번에 건넨
자숙(自肅)이란 가훈은
잘 받았는가?

개살구

나는 나
나는 나
사람들 입맛 따윈 신경 쓰지 않아
사람들 손길 따윈 문제 삼지 않아

나도 알아
나도 알아
참나무 참외 참깨 참기름 참치 참새
사람들 입맛 따라 붙여진 이름이지

나도 알아
나는 떫어
햇살 당당하게 맞서는 까만 주근깨
까칠한 자존심 건들면 쿵쿵쿵

내 하얀 솜털
내 푸른 여름
하지만, 겁먹은 개처럼 짖지는 않아

톱니 이파리로 으르렁 물지도 않아

나는 나
나는 나
아직은 나는야 멋진 게 좋아
나는야 아직은 빛 좋은 개살구

공

젖소는 공이 되고 싶었어요
젖소는 축구공이 되었어요
말은 공이 되고 싶었어요
말은 농구공이 되었어요
아기 두꺼비는 하얀 공이 되고 싶었어요
두꺼비는 골프공이 되었어요

병아리는 공이 되고 싶었어요
병아리는 테니스공이 되었어요
오소리는 공이 되고 싶었어요
오소리는 럭비공이 되었어요
토끼는 공이 되고 싶었어요
토끼는 배구공이 되었어요
햄스터는 공이 되고 싶었어요
햄스터는 탁구공이 되었어요

축구공은 잔디밭이 되고 싶었어요
농구공은 호박이 되고 싶었어요

테니스공은 귤이 되고 싶었어요
배구공은 가로등이 되고 싶었어요
탁구공은 호랑이 어금니가 되고 싶었어요
럭비공은 수세미가 되고 싶었어요

할머니는 공이 되고 싶었어요
할머니는 무덤이 되었어요
무덤은 풀밭이 되고 싶었어요
풀밭은 소녀 가슴이 되고 싶었어요
소녀의 가슴은 탁구공처럼 콩콩거렸어요
늙은 호랑이 어금니에서 빠져나온 탁구공은
할아버지 웃음소리가 되었어요

물로 본다

우리 집 가훈은
상선약수(上善若水)다.
최상의 선은 물과 같단다.
물은 스스로 낮은 데로 흐르며
목마른 뿌리를 적신단다.
더럽고 후미지고 움푹 파인 자리에 몸을 두며
서로 다투지 않는단다.
나는 물처럼 살겠다고 다짐해 왔다.
그래서일까 선행상을 많이 받았다.
세상을 눈이 아니라 눈물로 보기 때문이다.
난 거의 물이 된 것 같다.
물 당번도 칠판 물걸레질도 내 몫이다.
친구들도 나를 물로 보는 것 같다.
때로는 속에서 천불이 나기도 한다.
하지만 상선약수, 어느새 가슴에 샘물이 출렁인다.
내 장래 희망은 소방관이다.
나는 커다란 물통이니까.
물을 잘 다루니까.

제3부

가출의
내력

도둑

내가 가출한 사이
도둑이 다녀갔단다
내 또래일 거라고 했다
내 메이커 점퍼와 칠 년 묵은 돼지 저금통을 가져갔단다
근데 도둑이 변태인 것 같단다
책상에 개어 놓은 팬티도 가져갔단다
가출했다가 보름 만에 돌아온 내 안부는 묻지도 않고
젊은 놈이 안됐다고 혀를 찬다
언제 들어올지 몰라서 문단속 안 했더니
오라는 놈은 안 오고 밤손님이 들었다고 한숨 내쉰다
고개 숙이고 눈알은 굴렸지만, 나는 끝내 자백하지 않았다
도둑이 사실 나였음을
문을 잠그지 않은 마음 때문에 괴로웠음을
신발장에 올려놓은 지갑 때문에 흔들렸음을
달맞이꽃처럼 환한 거실을 엿보려고
밤길 달려왔던 적 많았음을

영어 회화

안과 다닌다더니
쌍꺼풀 수술을 했다.

before, after!
엄마 눈이 달라졌다.
퉁퉁 부어올랐다.
꼬마 호떡을 쌓아 놓은 것 같다.

학교 다녀올 때마다
모르는 체, 인사한다.

good after 눈!
good after 눈!

악취미

소나기 맞는 게 취미다.
누굴 괴롭히는 것도 아닌데 악취미란다.
감기 들려도 내가 들고
팬티가 젖어도 내 팬틴데 말이다.
세상에 선취미가 있고 악취미가 있나.
소나기 맞으며 걷고 있으면
빗소리보다 혀 차는 소리가 크게 들린다.
번개보다 눈초리가 더 무섭게 꽂힌다.
사람들이 불편해하면 악취미인가.
커터 칼로 우산 한가운데를 농구공만 하게 뚫어 버렸다.
멀쩡한 우산 속에서 흥건히 젖는 까닭을 하늘은 보고 있
겠지.
정수리로 쏟아지는 빗줄기가 가슴을 훑고 지나간다.
신발 속 발가락들이 오리 떼처럼 꽥꽥거린다.
스프링클러를 틀어 놓고 과수원에서 함께 샤워하던
아버지! 아버지! 아버지—이! 스무 번쯤 불러 본다.
교회 첨탑 같은 우산 꼭지를 타고
아버지의 눈물이 직방으로 쳐들어온다.

버르장머리

엄마랑 파마하러
'버르장머리'라는 미용실에 갔다.
이름이 이상했다.
'착한머리'로 해 주세요.
'착한머리'가 가장 비싼 파마라고 했다.
머리에 보자기를 쓰고 있는 동안
아줌마랑 엄마랑 들릴락 말락 소곤댔다.
첫 파마인가 봐요? 이참에
착한 머리로 만들어 드릴게요.
얌통머리, 소갈머리, 버르장머리!
싹 볶아 드릴게요.
키들키들 웃음소리도 들렸지만
성질머리 들키지 않으려고 꾹 참았다.
공부 잘하고 얼굴도 잘생긴
남친이 생겼어요. 이미 착한 머리인걸요.
천장까지 솟구쳤던 내 성질머리가
아휴 졸려. 꼬불꼬불, 스르르
꽃 분홍 보자기 속으로 기어 들어갔다.

인형 장례식

고양이가 싫어하는 말은
눈 가리고 아웅!이지요.
난 절대로 눈을 깔지 않아요.
눈에서 멀어지면 마음에서도 멀어지죠.
다섯 살 때, 엄마는 내 손을 감싸 쥐고 말했죠.
할머니 말씀 잘 들어야 해. 곧 너를 데리러 올게.
울지 말고 엄마 눈 똑바로 보고 대답해.
엄마 손에 새알처럼 안긴 내 주먹이 깜깜하게 울었죠.
난 그때 엄마를 똑바로 바라보지 못했죠.
내가 잘못해서, 아니 내가 잘못 태어나서
엄마랑 아빠가 헤어졌다고 생각했으니까요.
할머니도 그러셨죠. 어미야. 다 내 잘못이다.
그때, 엄마를 똑바로 쳐다봤으면 돌아왔을까요.
그러니까, 눈 깔라고 소리치지 마세요.
정나미 떨어진 낡은 인형을 버리려면
먼저 손수건으로 인형의 눈을 가리고
인형의 목덜미에 묶인 리본을 태우지요.
젖은 눈망울과 눈을 맞추면 헤어지지 못하니까요.

수의를 입히듯 보자기에 싸서 땅에 묻거나
헌 옷 수거함에 넣어 버리면 인형 장례식은 끝이 나죠.
그래도 인형은 끝까지 눈을 감지 않죠.
그러니까, 째려본다고 목청 돋우지 마세요.
저를 내팽개치지 말라는 애원이니까요.
함께 있고 싶다는 눈빛 고백이니까요.
겉으론 부르르 식식대지만 마음만은 다섯 살이에요.
저는 절대로 눈을 깔지 않아요.
골목 끝 버스 정거장을 째려보면서 견뎠거든요.
가로등 불빛만큼 눈물이 그렁그렁해도
나는 고갤 떨구지 않거든요.

가출의 내력

우리 집에 왜 왔니? 왜 왔니? 왜 왔니?
꽃 찾으러 왔단다. 왔단다. 왔단다.
해 지는 줄도 모르고 부르던 노래였지.
집 나간 오빠가 들어오다가 돌아서면 어쩌려고 그래?
엄마는 어린 내 등짝을 후려쳤지.
곁방살이하는 게 뭔 자랑이라고,
셋방 사는 것들끼리 골목이 찢어져라 떠들어 대는 거야?
거푸 등짝을 얻어맞다가 날갯죽지가 꺾여 버렸지.
초등학교 오 학년, 첫 가출은 날개깃이 없어서 차비를
훔쳤지.
하필 두어 달 만에 들어오는 오빠를 버스 정류장에서 만
났지.
짓찧은 봉숭아 꽃잎처럼 쥐어박히며 끌려왔지.
밤늦게 들어온 아빠한테도 새벽까지 혼났지.
오빠는 넓은 세상 공부하러 다녀온 사나이고
나는 악어 입으로 뛰어든 아기 꽃사슴이랬지.
우리 집에 왜 왔니? 왜 왔니? 왜 왔니?
내 가출병에는 필연적인 과거가 있고 가족력이 있단다.

자율 발표 시간 짐짓 연설조로 떠들어 댔지만
어릴 적 시설에서 지냈다는 철수의 눈초리는 피할 수 없
었지.
뒤이어 철수가 손나발 마이크를 잡았지.
나는 태어난 순간이 곧 가출이었어.
아기집 외에는 집을 가져 본 적이 없으니까.
나갈 집이 있다는 건 그 자체가 축복인 거야.
파리채로 때리는 엄마나 가출한 오빠가 있다는 건
눈물 나게 감사한 일이지. 식구한테 혼나 보는 게 꿈이
었으니까.
나에게도 집이란 게 생겼지.
반지하 방에서 먹는 라면 맛이 최고지.
쪽창으로 빠져나가는, 하얀 김의
가출이 가장 아름답지.

까짓것

개업 기념 반값 미용실에 갔다가
시궁에 빠진 미운 오리 꼴이 되었다.
단골집에 가서 다시 다듬었다.
더 이상하다. 빈털터리가 되었다.
까짓것, 빡빡머리 스님도 산다.

아이들이 나만 보면 툭툭 치고 지나간다.
나보다 낫다는 걸 확인하는 거다.
까짓것, 떡갈나무는 잎이 넓어서 바람도 크다.
태평양 범고래는 덩치가 커서 마음도 넓다.

이 년 사귄 여친이 전학 온 서울 것과 사귄다.
아직 이별 문자가 없다는 건 서울 놈과는 우정이란 거다.
까짓것, 사랑과 우정도 구별 못 하면 진짜 촌놈이다.
친구끼리 영화관 가고 팔짱 끼는 건 당연하다.
우정으로 마음을 가꿔서 진한 사랑으로 돌아올 거다.
까짓것, 취업이든 사랑이든 경력자 우대다.

난 어려서부터 심부름을 잘했다.
망을 잘 보고 빵과 담배를 잘 사 나른다.
까짓것, 겨울이 오기 전에 살만 조금 빼면
산타가 되어서 굴뚝도 들락거릴 수 있을 거다.
선물 심부름은 산타가 최고니까 말이다.

쪽지 글만 남기고 떠난 아버지 때문에
엄마가 운다. 여동생도 운다. 냉장고도 운다.
까짓것, 이라고 말하려다가 설거지하고
헛기침 날리며 피시방으로 알바 간다.
까짓것, 돈은 내가 번다.
까짓것, 가장을 해보기로 한다.

집으로 왔다

영수는 걸어서 학교에 왔다
영수는 걸어서 집으로 갔다

경민이는 버스 타고 학교에 왔다
경민이는 버스 타고 집으로 갔다

예솔이는 승용차 타고 학교에 왔다
예솔이는 승용차 타고 집으로 갔다

아침에 왔던 대로
아침에 왔던 데로

민철이는 훔친 오토바이를 타고 등교를 했다
민철이는 경찰차를 타고 경찰서로 하교를 했다

담임은 승용차 타고 학교에 왔다
담임은 민철이와 함께 경찰서로 갔다

나는 등교 때처럼 걸어서 교문을 나섰다
나는 포장마차에 들렀다가 경찰서로 갔다

민철이와 나는 우리 엄마 포장마차를 끌었다
손나팔로 오토바이 소리 흉내를 내면서

아버지의 청춘가

동생의 머리를 쓰다듬었지.
어른은 인사를 받는 사람
고개를 잘 숙이면
장난감도 주고 때리지도 않겠다고
허리춤에 손을 짚고 식식거렸지.
코 풍선이 자꾸만 꺼져 버렸지.
정의를 위해 망토를 쓰고 칼싸움을 했지.
열 살이 넘자 침을 멀리 내뱉기 시작했지.
뱀 따위는 무섭지 않아, 밤에도 휘파람을 불었지.
학교에서도 통학 버스에서도
어떻게든 뒷자리에 앉고 싶었지.
쓰레기통이 가까워 침 뱉기 좋았지.
대걸레 자루로 기타를 치고 책상도 두드렸지.
손목에 찌릿하게 전기가 들어왔지.
메이커와 신상과 청바지를 사랑했지.
아버지는 말했지. 어른으로 가는 길목에서
담배를 피워 보는 건 당연한 일이라고.
그건 구석기 시대부터 불을 피우는 자가

동굴의 우두머리이기 때문이라고.
굴뚝에 연기를 피워 올린다는 건
가족을 건사할 어른이 됐다는 것이라고.
담배 피우다가 걸려 징계 회의에 불려 온 날
다 좋은데 어른으로 가는 길목을 연기로 막지 말라고.
담뱃불로 싹을 지지지 말라고.
라이터는 나이를 태운다고.
서서히 서로 열받아 가면서.
침을 멀리 뱉으면서.
담배를 뒤적거리면서.

홍두깨*에 꽃이 핀다

꽃 중의 꽃은
사람의 등에 피는 소금꽃이지.
술 취해 하신 말씀 잊지 않아요.
공사 현장에서 한 달 만에 오시는 아버지.
버스 정류장에는 엄마와 동생이 나갔어요.
지금쯤 이야기꽃이 한창이겠네요.
동생이 소금꽃을 한 가방 받았겠군요.
오늘의 요리 주제는 꽃이에요.
제가 한식 요리 자격증도 땄거든요.
꽃게탕에 얇게 저민 꽃등심을 넣을 거예요.
고추장과 꽃소금으로 간을 보고
끓어 물꽃이 피면 그때 꽃등심을 넣지요.
술은 아버지가 즐기시는 생막걸리예요.
베란다에서 한나절 숙성시킨 다음에
냉장고에서 하루 더 아버지를 기다린 놈이에요.
막걸리 거품꽃이 덥수룩한 수염에
달무리처럼 피어나겠지요. 달꽃 말이에요.
새우와 쑥갓, 튀김옷에도 꽃이 만발했어요.

좋아하시는 수제비도 반죽해 놨어요.
고목에 싹이 트고 꽃이 필 운세인가 봐요.
밀린 임금도 곧 받으실 것 같아요.
어서 와서 보셔요. 홍두깨에
하얗게 박꽃이 피었어요.

* 홍두깨: 빨래한 옷감을 감아서 다듬잇돌 위에 얹어 놓고 반드럽게 다듬
  는 방망이. 주로 단단한 박달나무로 만든다.

도둑과 경찰

경수 아버지는
만년 특진 한 번 못 한 교통경찰이다.
경수는 고급 오토바이만을 훔친 뒤
오토바이 숨겨 논 곳을 아버지 폰으로 알려 줬다.
공중전화나 발신 표시 없이 문자만을 남겼다.
경수 아버지는 승진했다.
경수가 무면허 운전 사고로 얻은 빚,
맞춤하니 딱, 그 이자만큼 월급이 올랐다.
졸업식 날 자신의 잘못을 고백했다.
중국집 독한 술이 눈물을 끌어 올렸다.
경수 아버지도 더 이상은 포상이 없었다.
오토바이는 늘 허탈하게 웃는다.
칠 년 뒤 부자는 오토바이 대리점을 냈다.
상호명은 부자오토바이센터다.
경찰 오토바이 수리 전문점이다.
경찰과 공소시효 지난 도둑이 한솥밥을 먹는다.

제4부

청춘
연하장

첫사랑

헤어진 지
열흘이 됐다.

나는,
약물 과다 복용으로 죽을 것이다.

세월이
약이라면.

우울증

　저녁마다 다섯 알씩 약을 먹습니다 약봉지를 뜯는 작은 이파리에서 알약이 떨어집니다 쪼르르 냉장고나 싱크대 밑으로 숨습니다 알약은 매일 술래잡기 놀이를 하고 싶나 봅니다 가느다란 잎맥에 놓인 알약들이 무슨 벌레집 같습니다 어서 빨리 알약이 줄어들기를 넷 셋 하나, 냉장고나 싱크대도 마음 졸입니다 갑자기 냉장고가 그렁거립니다 냉장고 밑으로 들어갔던 손가락과 눈길이 옴찔합니다 약을 먹자마자 팔랑거리던 푸른 손이 미모사 이파리처럼 잠에 빠집니다 작은 나무 한 그루가 천천히 바닥이 됩니다 기척이 없으니 하늘도 구름도 잠잠합니다 침대맡 늙은 나무도 그림자처럼 바닥이 됩니다 하느님도 달빛도 창턱에 쪼그려 앉습니다 방문도 말을 닫은 지 한참 되었습니다 저린 나뭇가지가 베개 밑에서 이파리를 꺼냅니다 벌써 날이 밝았나 봅니다 애벌레들이 햇살 먹을 시간입니다 밤새 하얀 지문이 세상을 휘돌았나 봅니다 세상의 침대가 하루만치 더 무겁게 젖어 있습니다 허공의 가장자리까지 나아간 잎맥들이 해를 그러안으려 방울방울 제 작은 방을 조입니다

애송이

열다섯 살이면
쩍 벌어진 밤송이다
풋밤처럼 칭얼거리지 마라

문 좀 닫아 주세요
찬바람 들이치잖아요
가지 좀 흔들지 마세요
후드득 떨어지면 좋겠어요
이러려고 단맛을 주셨나요
짐승들한테 몽땅 바치려고요
문을 왜 활짝 열어젖히는 거예요
다람쥐나 청설모가 물어 갔으면 좋겠어요
말벌 떼가 졸참나무 잎처럼 날아오잖아요
빨리 문 좀 닫아 달라니까요
저를 끝까지 지켜 준다고 약속하셨잖아요
가시 방패는 제 단벌옷인 거 아시잖아요
정말 내복만 입혀서 내쫓아야 시원하시겠어요
앞으로 가시 돋친 말도 잘 들을게요

초록색 유치원복으로 갈아입고
언제까지나 조용히 있을게요

벌써 알밤이다
자꾸 어리광 부리면
네가 골목길에서 꼬마들 주머니 털던
애송이 말을 들려주마

─떫으냐? 떫으냐고?

속울음

빗방울이
연잎 위로 뛰어내릴 때
긴 발가락을 신나게 차올리는 까닭은
미끄러져도 통통 받아 주는
아래 이파리 때문이다.

함박눈이
밤새워 새벽까지 내려올 때
흰 양말을 조심스럽게 내딛는 까닭은
무거워도 끙끙 받들고 있는
엊저녁 숫눈 때문이다.

점심시간인데도
뒤꿈치 들고 고개 숙여 걷는 까닭은
흰 국화 꽃다발과 초콜릿과
깨알 같은 손 편지를 받들고 있는
책상 때문이다.

누구 하나 빗방울 소리를 내면
수백 수천의 연잎에
소나기가 쏟아지기 때문이다.
책상 서랍 가득
파도 소리 울먹이기 때문이다.

하늘로 날아 올라가는
꽃눈이
다시, 땅바닥에 떨어질까 봐서다.

청춘 연하장

새해가 밝았다.
happy new year.

좋은 소식만 듣자.
happy new ear.

자존심 상한 날

어두운 운동장 한가운데에
동그마니 축구공을 놓고 왔다.
나도 남자 친구는 많다.
혼자 축구하면 족족 골인이다.

철봉대에 점퍼를 놓고 왔다.
수도꼭지 하나를 쏴아 틀어 놓고 왔다.
솔직히 운 건 아니다.
꽉 조여 있던 마음을 풀어 논 거다.

등나무 아래에서 오래 앉아 있었다.
갈등도 없이 밤하늘을 꼬아 올라가는
등나무 새순을 마구 풀어 젖히고 왔다.
며칠 만에 허공을 일으켜 세우는지
봐야겠다. 그날 다시 프러포즈하겠다.

네가 있어야

어디야?
바닷가.
바닷가 어디?
모래밭.
옆에 누구 있는데?
너.
나는 여기 있는데.
네 생각뿐이었거든.

어디야?
시내.
시내 어디?
사람 없는 곳.
사람 없는 시내도 있냐?
네가 있어야 사람 있는 곳이지.

나는 네가 맨 나중이다

개는 죽을 때 꼬리가 맨 나중에 멎는다.

물고기는 지느러미가 맨 나중에 죽는다.

너를 볼 때마다 숨이 막힌다.

나는 개의 꼬리가 되어도 좋다.

아가미를 잃은 꼬리지느러미라도 좋다.

입 벌리고 죽은 지퍼라도 좋다.

나는 네가 맨 나중이다.

별 볼 일 많아졌지

얼굴이 커서 얼큰이라고?
니들이 어려서 모르는 거야.
얼큰한 게 좋아지면 어른이지.
코가 낮아 납작코라고?
코가 크면 큰코다친단다.
납작코에다 벌렁코라고?
에라, 벌러덩 자빠지기나 해라.
난 심장이 벌렁거리는 연애 중이지.
한 주먹 새가슴이라고?
내 가슴에선 꾀꼬리 한 쌍 정답단다.
당연히 목소리가 꾀꼬리지.
없던 꼬리가 살랑살랑 춤을 추지.
어눌하던 내가 말꼬리를 잡고
한 시간씩 통화하지.
전화기가 심장처럼 뜨거워지지.
못난이라고 못을 박아도 좋아.
팔자걸음이라 팔자가 좋은가 봐.
하루하루 깨가 쏟아져.

그 애 얼굴이 온통 깨밭이거든.
내 눈에는 주근깨가 별로 보여.
별 볼 일 많은 신비한 얼굴이지.

이름을 불러 줄 때까지

이름 명(名)이라는 한자는
저녁 밑에 입이 있다.
해가 지고 깜깜해지면
손짓할 수 없기에 이름을 부른다.
어서 가서 저녁밥 먹자고
밥상머리로 데려간다.
작은 불빛을 가운데에 두고
환한 웃음이 피어난다.
이름 명 자를 보고 있으면
그 글자가 만들어진 먼 옛날 밤이
두런두런, 우렁우렁, 까르르 밀려온다.
어서 들어와 저녁 먹으란 말이 좋다.
어둠 속을 헤쳐 와서 어깨동무하는 목소리,
오늘은 저녁 식판을 들고 속으로 말한다.
엄마도 그만 돌아오셔서 저녁 드세요.
아버지도 엄마랑 밥 좀 같이 드세요.
야간 자습 끝나려면 두 시간 남았는데
야식 배달 시켜 놓으라고 전화한다.

나는 아파트 입구 놀이터에서
핸드폰이 뜨거워질 때까지 수다를 떤다.
누군가 나를 마중 나올 때까지.
이담에도 누가 내 이름을 불러 줄 때까지
어둠 속을 서성거릴 거다.
나도 가로등 쪽으로 목을 내밀어
누군가의 이름을 부를 거다.

사랑

연초록 껍질에
촘촘 가시를 달고 있는
장미꽃을 한 아름 산다

네가 나에게 꽂인 동안
내 몸에도 가시 돋는다

한 다발이 된다는 것은
가시로 서로를 껴안는다는 것

꽃망울에게 싱긋
윙크를 하자
눈물 한 방울 떨어진다

그래, 사랑의 가시라는 거
한낱 모가 난 껍질일 뿐

꽃잎이 진 자리와

가시가 떨어져 나간 자리, 모두
눈물 마른 자리 동그랗다

우리 사랑도, 분명
희고 둥근 방을 가질 것이다

양파

내 옷을 찢거나
슬슬 만지작거리면

넌, 찡찡
눈물 콧물 짜게 될 거야.

내가 축구공을 사랑하는 이유

축구공은 낡아

갈수록 부드러워진다 축구화가

수도 없이 빵빵 무두질을 했기 때문이다

운동장 작은 모래들이 사각사각 사포질을 했기 때문

이다 물고기 지느러미에 그물코가 스치듯 골대 망에 볼을

비볐기 때문이다 축구공이 보들보들 말랑말랑해지는 까닭은

함성과 박수 소리에 귀가 얇아졌기 때문이다 아기처럼 등에 업

혀 집에 갔다가 골목 담벼락에 탁탁 볼을 두드리며 학교에 오

기 때문이다 어느 날 긴 숨 내쉬며 꺼져 버릴지라도 마지막까

지 마음 일그러뜨리지 않기 때문이다 무엇보다도 그가 부

드러운 까닭은 아무리 헛발질을 해도 데굴데굴 둥근

마음을 잃지 않기 때문이다 슝슝 하늘을 날면서

구름을 만져 봤기 때문이다 새의 심장

을 가졌기 때문이다

제5부

나를
이루는
것들

공터

새 아파트가 들어설 곳에
텃밭 농장이 생기고 원두막도 섰다
수박 참외 빈대떡이 원두막에 오르고
동네 개들도 모여 꼬리를 쳤다
옛날이야기가 살아났다

마음을 비워야 한다는
어려운 말이 이해됐다
넌 머리가 텅 비었냐
아빠한테 들은 꾸지람도
내 머리에 공터가 넓어서 뭐든 자라고
누구든 함께할 수 있단 말이구나
풍선 인형처럼 고개를 끄덕였다

도서관에 갈까
공터를 지나다가
텅 빈 머리를 가로저으며
원두막에 올라 누웠다

공터로 햇살과 바람이 몰려갔다
새들의 노랫소리가 한가득 모여 있었다

자살바위

가장 아름다운 곳에 있다
가장 아름다운 꽃이 피어 있다
한 개 바위만 남고
다른 바위들은 어딘가로 떠나갔다
다시 한번 생각해 보세요
외로 고개를 돌리고 있던 팻말도 사라졌다
자살바위에 정자가 들어섰다
팻말이 섰던 자리에 찻집이 문을 열었다
가장 아름다운 전망대가 되었다
다시 한번 생각해 봐라
내가 서 있는 곳이 가장 아름다운 곳이다
내가 지금 서 있는 곳이 자살바위다
황홀하게 꽃잎이 휘날린다
뒤꿈치에 날개깃이 돋는다
가장 전망 좋은 곳에 오르느라 애썼다
이제 손 내밀어 사람들을 당겨 올려라
함께 볼수록 전망은 더 넓어진다
제자리에서 구름 높이 날아올랐다가

제자리 둥지로 쿵 내려앉는 거다
날개 근육과 발바닥 군살을 사랑하자
자신감을 살리는 이 바위에 주소를 두자

한 그루

오랜 가뭄 끝,
구름이 몰려오는 걸
가장 먼저 보고 소리친 건
나무 꼭대기 첫 이파리다.

그런데, 빗방울이 처음으로 당도한 곳은
서쪽 밑가지와 우듬지
작디작은 이파리다.

구름이 온다고 소리치는 일만큼
"앗 차가워!" 첫 빗방울을 마중하는 일도 귀하다.

"구름이 몰려온다! 비구름이 몰려온다!"
모든 이파리가 잇따라 소리쳤듯
"앗 차가워! 아 시원해!"
모든 이파리가 함께 반짝반짝 춤을 췄으니까.

높이만 소중한 게 아니다.

먼 곳과 낮은 데가 넓이를 만드니까.
용기와 희망에겐 춤과 그늘이 꼭 붙어 있어야 하니까.

고양이

내가 자동차 밑을 좋아하는 까닭은
덩치 큰 것들은 들어올 수 없기 때문이지
나를 만나려면 눈을 내리깔고
무릎걸음으로 기어 들어와야 하지
고독을 아는 자는 그늘을 사랑하지
내 몸은 저음을 내쉬는 목관악기
자기 몸을 연주할 줄 안다는 건
어슬렁거릴 특권이 생겼다는 것이지
내가 담장 위를 산보하는 까닭이지
우쭐거리고 싶으면 따라 해 봐
나는 한 치 두려움도 흔들림도 없지
내 꿈은 새털구름을 연주하는 것
간혹 발을 들어 구름의 맛을 보지
그러니까 넌 내 친구가 확실해
난 네 가슴속 먹구름의 환한 등짝을 알지
쥐새끼들을 부르르 떨게 할
무시무시한 악보를 협연할 수도 있지
누가 가슴속에다 악기를 넣어 두겠어

스스로 문을 닫고 처박힌 게 아니라
태풍의 눈을 지휘하고 싶은 거지
지금은 속도를 높일 때가 아니라
구름을 깔고 앉아 고독을 정비할 때

여행

나는 빵이다
가장 두려운 건 유통기한이다
사흘을 살았으니 이레 남았다
남은 날짜 안에 그가 와야 한다
배고픈 그가 코를 벌름거리며 와야 한다
침을 삼키며 호주머니를 뒤적여야 한다
그를 만나면 나는 호들갑스러워진다
빵빵하게 숨이 부풀어 올라 터질 것 같다
그가 내 부푼 희망과 기다림을 뜯어 먹는다
한번 찢긴 몸에 또 다른 바람이 고인다
그리움과 외로움의 부스러기도
누군가에게는 더할 나위 없는 만찬이 되리라
누구는 우리를 유한 생명이라 하고
누구는 그냥 팥빵이라고 한다
생명이든 빵이든 맨 처음 뿌리와
햇살과 바람과 설렘까지 모두 그대 것이다
찢긴 비닐봉지의 여행 계획표까지
거기 동승한 개미 몇 마리까지

밥

왕따가 아니야.
난 꿈이 있거든.
보온 도시락처럼
따뜻한 사람이 될 거야.
춥고 배고픈 구석을 기다릴 거야.
누구나 밥통 끌어안고 울 때 있잖아.
빈 쌀자루처럼 주저앉아 떨고 있다면
발가락이 얼어붙어 올 수가 없다면
내가 보온 도시락이 되어 날아갈 거야.
그래, 난 밥통이야.
굴러가서라도 뚜껑을 열어젖힐 거야.
뜨거운 김을 내뿜으며 말할 거야.
내가 네 밥이라고.
보온 물통이라도 되어
보온 도시락 어깨끈이라도 되어
품이 아니라면 곁이라도 될 거야.

가슴우리*

갓난아이의 뼈는 305개예요.
구르고 넘어지고 부딪치고 떨어질 때
뼈는 젖 한 방울만큼씩 아픔을 나누지요.
어른이 되면 뼈는 206개로 줄어들지요.
삼분의 일쯤은 단단하게 서로를 끌어안지요.
스스로를 지키는 부드러운 받아들임에서
누군가를 무너뜨릴 싸움꾼으로 바뀌지요.
내지르기와 휘두르기와 조이기로 바뀌지요.
하지만 몽땅 싸움꾼이 되는 건 아니지요.
힘줄과 살 속에 작은 속뼈로도 박히고
다른 이의 신음 소리와 자신의 심장박동을
속귀에 전해 주는 귓속뼈로도 남지요.
눈물뼈는 밥공기처럼 우묵해지면서
김이 모락모락 나는 따뜻한 눈길을 건네지요.
그리고 끝내 잊지 말아야 할 뼈들이 있어요.
그건 스스로 흔적도 없이 자신을 삭혀서
조금씩 넓고 크고 말랑말랑하게 키운
마음이란 거예요. 마음은 그 어떤 뼈살촉이며

뼈도끼로도 찢거나 빻을 수 없어요.
총칼마저 녹일 수 있는 뜨거운 주머니지요.
가슴우리에 사랑만 한가득 출렁이지요.

* 가슴우리(thoracic cage): 복장뼈, 등뼈, 갈비뼈, 갈비 연골로 이루어진 뼈
  대. 가슴안을 둘러싸서 허파와 심장 등을 보호한다.

누군가 울면서 너를 바라볼 때

걸음을 멈추고
무릎걸음으로 다가가라.
울음은 힘이 세서 너를 쓰러뜨릴 수도 있단다.
마음의 귀를 부풀려서
또렷한 문장으로 울음을 번역해라.
뚝! 울음을 멈추라고, 다그치지 마라.
네 맘 다 안다고, 거짓 손수건을 내밀지 마라.
먹장구름으로는 작은 강줄기도 막을 수 없단다.
바다에 닿은 강 언덕처럼, 단단한 무릎으로 파도를 맞이
하라.
그까짓 아픔도 참지 못하냐고, 내몰지 마라.
쫓겨난 눈물은 눈엣가시로 덤불을 이루리라.
불쌍한 것! 혀를 차며 떡부터 건네지 마라.
울음의 숨구멍이 메면 돌심장이 된다.
누군가 울면서 너를 바라볼 때,
네가 그 울음의 주인이 될 때까지 기다려라.
울음은 우는 사람의 것이 아니라
함께 울어 주는 자에게 건너온 덩굴손이다.

울음에 갇힌 커다란 말이
네 눈으로 옮겨 와서, 찡긋
마지막 눈물을 떨굴 때까지.

작은 램프

어둠이 놀라서 달아나지 않을 만큼만
네가 너무 환해서 다른 이가 어두워지지 않을 만큼만
작은 빛이 되자 네가 네 어둠을 찾을 수 있을 만큼만

달맞이꽃이 움츠러들지 않을 만큼만
고무래나 대빗자루가 벌떡 일어나 도깨비가 되지 않을
만큼만
박쥐가 놀라서 동굴로 돌아가지 않을 만큼만

조그만 불빛일수록 둥글게 출렁거리지
빛 자리가 자꾸 흔들리는 까닭은 꺼지지 않기 위해서지
빛기둥을 타고 올라갈 수는 없지
높고 밝은 곳만으로 밟고 올라서지 말자

내 팔짱을 낀 사람이 헛발을 내딛지 않을 만큼만
서로의 얼굴과 어깨가 든든하게 보일 만큼만
누군가와 함께하면 조금 넓어질 뿐 높아지지는 않지

비상구 표지판 속 작은 전구만큼만
서로의 이름을 부를 수 있을 만큼만
작은 불빛이 되자 바람에 꺼지지 않을 만큼만

불빛이 작아 쓸모없다고
누군가 내 빛을 밟아 깨뜨린다면
그의 발바닥 가장 부드러운 발허리에 장미꽃으로 피자
꽃잎만큼 심지를 돋우자

그가 사과하러 올 때
또다시 나를 밟고 지나가지 않게
절룩이는 상처를 내 무릎 위에 올려놓을 수 있게

작은 램프가 되자
알코올램프 뚜껑을 열어
검은 장미에 빨간 빛을 발라 주자

역지사지

'오늘의 성어'란에 '역지사지'가 붙었다
"내게 그런 핑곌 대지 마
입장 바꿔 생각을 해 봐"
김건모 가수가 부른 「핑계」가 시험에 나온 적도 있다
그런데 지금 칠판에 붙은 '역지사지'는 다르다
'易地思之'가 아니라 '驛之死之'다
'역 광장에 간다는 건, 죽으러 간다는 것'
집회에 참여하지 말란 뜻이다
촛불을 들지 말라는 뜻이다
하지만 속뜻은 이따 만나자는 거다
교복은 입고 가지 말라는 뜻이다
어깨 툭 치면서 말씀하시겠지
'니덜 없었으면 우리 학교만 빠질 뻔했다'
백묵으로 쓴 암묵이랄까
'역 광장에 가자 죽어 가는 것에 빛을 밝히자'

모기향

나의 향은 진짜일까.
내가 달려가는 방향은 바른가.
몸을 구부리고 직진만 하면 될까.
깊고 먼 곳으로 파고들기만 하면 되는 걸까.
나를 태운 끝자리엔 무엇이 기다리고 있을까.
삶이란 게, 한평생 죽음의 향연일까.
모기 몇 마리 잡는 것이
나와 가족과 이웃을 위하는 일일까.
맨 나중에 남을 작은 쇠기둥은
진정한 신념의 푯대였을까.
일 센티의 공중 부양은 삶의 가치를 발돋움시킨
숭고한 실천이었을까.
불이 꺼지고 세상 고요해질 때
그 까만 눈동자는 잠든 한 아이의 이마를 보고 있을까.
그 타다 만 척추, 까만 연필심은 다시
순백의 문장을 쓸 수 있을까.
끝내 초록 쉼표 하나 남길 수 있을까.

나를 이루는 것들

자연산 홍합이나 전복에는
다닥다닥 다른 생물들이 붙어살지
얼굴이야 우둘투둘 못나 보이지만
마음이 통한다면 심심하지 않겠지
바닷속 어둠도 두렵지 않겠지

자연산 홍합탕이나 전복찌개는
곁방 사는 작은 조개들이
맛을 더해 주는 게 아닐까
우리들의 부끄러운 추억과
귀찮은 일과 떼어 내고 싶은 사람들이
멋을 더해 주는 게 아닐까

억센 파도를 먼저 맞아 주는 게 아닐까
어판장 시멘트 바닥에 팽개쳐질 때
으깨어지면서 나를 지켜 주는 게 아닐까
문을 꽉 잠그고 홀로 몸서리칠 때
끝내 고맙다거나 미안하다는 말을 건네지 못한

안타까운 기억들이 파도처럼 밀려오는 건 아닐까

나를 나답게 한 건
나를 둘러싼 것들 덕분이라고,
버리고 지우고 떨쳐 내고 싶은 것까지
바로 나라고, 홍합 껍데기를 어루만지며
여드름 자국을 보듬으며

오늘의 아이들, '오늘'을 사는 아이들

류수연 문학평론가

1

우리 사회에서 청소년은 항상 '학습하는 자'로 인식되어 왔
다. 사교육의 최대 수요자이며 대입이라는 현실에 묶여 있는
자. 그것이 바로 청소년이었다. 대학 입학률이 80퍼센트를 넘
어서는 오늘의 현실을 본다면 썩 틀린 이야기도 아니다. 문제
는 그 과정에서 대학 진학과는 다른 길을 선택한 나머지 아이
들이 마치 존재하지 않는 것처럼 여겨져 왔다는 사실이다. 대
학 입시라는 거국적(?) 스트레스가 사회 전반을 휩쓰는 동안,
졸업과 함께 혹은 졸업 이전에 취업과 노동이라는 현실에 발을
내디뎌야 하는 아이들은 그 누구의 관심도 받지 못했다.

이정록 시인의 『까짓것』은 바로 이러한 청소년에게 바쳐진
다. 오랜 시간 교육 현장에서 아이들을 만나 온 시인의 시선은

자못 남다르다. 무엇보다 그의 시에서 주목되는 것은, 그가 입시라는 테두리 너머에서 '오늘'을 살아가야 하는 아이들에게 깊은 관심을 두고 있다는 점이다. 학생이지만 또한 노동자로서 살아가야 하는 아이들, 그들의 목소리는 시인의 시를 통해 구체화된다. 그리하여 우리 사회에서 오랫동안 금기 아닌 금기로 여겨져 왔던 청소년의 '노동'이 마침내 노래가 된다.

2

표제작「까짓것」을 보자. 머피의 법칙이 따로 없다. 반값이란 말에 혹해서 자른 머리는 엉망진창이고 결국 다시 잘랐지만 회복은커녕 호주머니만 빈털터리가 되었다. 친구들의 놀림이야 그냥 넘겨 버릴 수도 있지만, 2년 사귄 여자 친구가 전학 온 서울내기한테 마음을 뺏겨 버린 건 아무래도 "까짓것"을 두 번은 내뱉어야 할 만큼 마음이 쓰리다.

개업 기념 반값 미용실에 갔다가
시궁에 빠진 미운 오리 꼴이 되었다.
단골집에 가서 다시 다듬었다.
더 이상하다. 빈털터리가 되었다.
까짓것, 빡빡머리 스님도 산다.

아이들이 나만 보면 툭툭 치고 지나간다.
나보다 낫다는 걸 확인하는 거다.
까짓것, 떡갈나무는 잎이 넓어서 바람도 크다.
태평양 범고래는 덩치가 커서 마음도 넓다.

이 년 사귄 여친이 전학 온 서울 것과 사귄다.
아직 이별 문자가 없다는 건 서울 놈과는 우정이란 거다.
까짓것, 사랑과 우정도 구별 못 하면 진짜 촌놈이다.
친구끼리 영화관 가고 팔짱 끼는 건 당연하다.
우정으로 마음을 가꿔서 진한 사랑으로 돌아올 거다.
까짓것, 취업이든 사랑이든 경력자 우대다.

난 어려서부터 심부름을 잘했다.
망을 잘 보고 빵과 담배를 잘 사 나른다.
까짓것, 겨울이 오기 전에 살만 조금 빼면
산타가 되어서 굴뚝도 들락거릴 수 있을 거다.
선물 심부름은 산타가 최고니까 말이다.

쪽지 글만 남기고 떠난 아버지 때문에
엄마가 운다. 여동생도 운다. 냉장고도 운다.
까짓것, 이라고 말하려다가 설거지하고

헛기침 날리며 피시방으로 알바 간다.
까짓것, 돈은 내가 번다.
까짓것, 가장을 해보기로 한다.

—「까짓것」 전문

  짐짓 아무렇지도 않은 듯 태연을 가장하고 있지만, 이 모든 상황 앞에서 소년이 내뱉는 넋두리 "까짓것"은 사실 안쓰러운 위악(僞惡)에 가깝다. 소년의 현실은 집으로 돌아왔을 때 좀 더 명확해진다. 아무런 대책도 남기지 않고 떠나 버린 아버지로 인해 '엄마가 울고, 여동생도 울고, 냉장고도 운다.' 그 어떤 일도 그저 대수롭지 않은 것처럼 넘겨 버리던 소년조차도 쉽게 "까짓것"이라고 말하지 못한다. 그저 묵묵하게 그에게 주어진 생계의 현장, 피시방으로 발걸음을 옮길 뿐이다.

  어쩌면 이것은 아버지의 부재보다도 더 절망적인 상황일지도 모른다. 아직 어린 학생인 그가, 아르바이트로 벌 수 있는 돈이란 결코 세 식구의 삶을 건사할 만한 수준이 될 수 없기 때문이다. 그럼에도 소년은 그 보잘것없는 노동에서 또 다른 위안을 이끌어 낸다. '까짓것, 돈도 벌고 가장도 해보겠다.'는 소년의 독백은 그 발랄함으로 인해 더 아프다. 결국 시적 화자인 소년의 입버릇이 되어 버린 "까짓것"이라는 말은 그에게 주어진 절망적인 상황에서 그가 가까스로 얻어 낸 용기의 다른 이름인 것이다.

이처럼 시인은, 자신도 모르는 사이에 노동이라는 현실을 마주하게 된 청소년의 갈등을 구체적인 언어로 표출한다. 이정록의 시에서 청소년인 시적 화자가 처한 현실은 그가 십 대라는 사실을 굳이 상기하지 않더라도 결코 녹록지 않다. 더 큰 문제는 미성년이라는 사회적 잣대는 그들의 행동을 제약하는 데는 강력한 힘을 지니지만, 노동 현장에서 그들을 보호하기엔 너무나도 무력하고 무관심하다는 데 있다. 「높임말」에서 시인은 청소년의 노동 현실을 압도하는 속악한 물신 사회의 모습을 적극적으로 비판한다.

커피 나오셨습니다.
아메리카노 시키신 분
커피 나오셨습니다.

커피 한 잔 값이
제 시급에 맞먹지요.
당연히 높임말을 써야지요.
제가 뜨겁게 모시는 분이니까요.
—「높임말」 부분

이 시는 속칭 '백화점 높임법'이라 불리는 '사물 존칭'의 현장을 담아낸다. '시급에 맞먹는 커피 한 잔'은 '나'라는 한 개인보다 우선시된다. "당연히 높임말을 써야지요."라는 자괴적인 목소리는 최소한의 노동권조차 인정받지 못하는 물질 사회에서, 오늘의 청소년들이 처한 상황을 잘 드러낸다. 한 명의 노동자로서 청소년이 마주한 현실은 이토록 척박하기만 하다. 그들은 자기 노동으로 한 잔의 커피를 사 마시기도 어렵다. 그들에게 부여된 미성년이라는 꼬리표는 그들의 노동마저 미성숙한 것으로 취급받게 하기 때문이다. 따라서 '시급에 맞먹는 커피 한 잔'을 '뜨겁게 모시기 위해' 입에 붙여 버린 사물 존칭은 청소년 노동자의 인권 현실을 씁쓸하게 보여 준다.

그렇다면 일하고 일해야만 하는 아이들이, 그리고 그들의 노동이 괄호 속에 넣어질 수밖에 없었던 이유는 무엇인가? 어쩌면 그것은 이들 청소년이 살아가고 있는 오늘, 이곳의 필연적인 한계일지도 모른다. 모든 청소년을 대학과 입시라는 똑같은 틀 안에 가두는 곳, 그 바깥에 놓인 청소년의 삶은 마치 존재하지 않는 것처럼 취급하는 곳. 그곳이 바로 오늘 우리가 살아가고 있는 대한민국의 민낯이기 때문이다. 그러나 이 세계의 진정한 공포는 다른 데 있다. 세상의 요구대로 맞추어 살아간다 해도 그들 앞에 놓인 삶은 결코 달라지지 않는다는 현실 말이다. 그 때문일까? 「슬픈 종착」이 보여 주는 세계는 담담하지만 그래서 더욱 참담하다. 모두 힘겹게 결승선을 향해 달려가지만

그 끝에서 마주한 것은 꿈도 진로도 미래도 아닌 그저 하나의
'일자리'뿐이다.

> 규직이는 좋겠다.
> 서른 살쯤이면 너를 더 좋아할 거야.
> 네 이름을 입에 달고 살 거야.
> 약사 세무사가 꿈인 친구도
> 검사 변호사 감리사 사업가가 꿈인 애들도
> 다들 주문처럼 네 이름만 부를 거야.
> 규직아. 오, 정규직아.
>
> ──「슬픈 종착」 전문

「슬픈 종착」에서 시인은 생계유지가 그대로 꿈이 되어 버린
현실을 노래한다. 꿈이란 가능성의 영역이다. 그것은 실현될
수도 실현되지 못할 수도 있는 반반의 확률이다. 그런데 오늘
의 청소년 앞에 놓은 현실은 생계를 그 꿈으로 삼아야 한다는
당위이다. 이것은 한 개인이 마땅히 누려야 할 최소한의 생존
권마저 온전히 가질 수 없는 사회가 되었음을 의미한다. 한 사
람이 일생을 걸고 추구해야 할 꿈이 그 무엇도 아닌 안정적인
일자리라면, 그런 꿈을 꾸게 하는 여기 이곳은 얼마나 끔찍한
디스토피아인가?

3

아이와 어른의 경계. 청소년에 대한 가장 익숙한 정의는 바로 이러한 '경계'에 대한 인식으로부터 시작된다. 변화의 한가운데 서 있지만, 그 변화의 결과를 완전히 예측할 수 없다는 모호함이야말로 청소년을 바라보는 공통된 시선일 것이다. 그 때문일까? 오랫동안 이 시기 아이들은 그저 성인이 되길 준비하는 예비 단계로서만 인식되어 왔던 것도 사실이다. 청소년 문학을 바라보는 시선 역시, 이러한 선입견으로부터 그리 멀리 떨어져 있었던 것 같지 않다. 아동의 감수성에 눈높이를 맞추었던 초등학교를 벗어나 중학교에 들어서는 순간, 청소년은 입시라는 거대한 목표를 부여받고 자기 나이에 맞지 않는 성인 문학을 읽으며 그 감수성을 내면화해야 하는 학습 환경에 던져지기 때문이다. 그것은 마치 도수가 맞지 않는 커다란 안경을 꼈을 때처럼 위태로운 것이다.

그러므로 오늘의 청소년에게는 그들의 실제 삶에 오롯이 시선을 둔, 오직 그들의 감수성으로 형상화된 문학이 절실히 요구된다. 그러나 청소년 스스로에게조차 그들 내면의 목소리를 포착하는 것은 그리 쉬운 일이 아니다. 자신의 목소리를 듣고 드러내는 방법을 온전히 배우지 못했기 때문이다. 따라서 건네지는 목소리 너머에 숨겨진 목소리를 듣고 드러내야 하는 일. 그것이야말로 오늘의 청소년시에 맡겨진 책무가 아닐 수 없다.

왜 말하지 않았냐고요

언제나 미리 말했잖아요

(…)

점심 급식 끊을까 말했잖아요

수학여행 가지 말까 말했잖아요

기숙학원에 갈까 말했잖아요

휴지 한 통을 껴안고 이불 뒤집어쓴 적 많았잖아요

붉어진 눈을 보고 눈병 걸렸냐고 물은 적 있잖아요

자다 깨어 골목길을 스무 바퀴나 돈 적도 있잖아요

새벽에 땀범벅이 되어 들어오는 나를 봤잖아요

격투기나 권투를 배우고 싶다고 말했잖아요

피가 날 때까지 손톱을 물어뜯었잖아요

학교 사진은 다 찢어 버렸잖아요

다 알고 계셨잖아요

—「미리 말하랬잖아」 부분

"왜 말하지 않았니?"라고 묻는 부모에게 아이는 자신이 수많은 언어로 말해 왔음을 강변한다. 그들의 대화는 이처럼 늘 비껴 나간다. 어른의 세계에서 청소년의 언어는 스무고개와 같다. 하나의 발화는 온전히 해석되지 않은 채 새로운 의문을 더하고 해답을 지연시킨다. 그것은 청소년에겐 그들만의 언어가 있기 때문이다. 한때는 모두 알았지만 성년이라는 관문을 거치고 나면 어느덧 잊히는 몸의 언어들.「미리 말하랬잖아」에서 시인은 그 언어를 되찾아 문학으로 형상화하는 일, 그것이야말로 청소년시가 해야 할 일이라고 말하고 있는 듯하다. 그 언어를 회복할 때 비로소 우리는 그들의 온전한 이름을 불러 줄 수 있다.

> 나는 아파트 입구 놀이터에서
> 핸드폰이 뜨거워질 때까지 수다를 떤다.
> 누군가 나를 마중 나올 때까지.
> 이담에도 누가 내 이름을 불러 줄 때까지
> 어둠 속을 서성거릴 거다.
> 나도 가로등 쪽으로 목을 내밀어
> 누군가의 이름을 부를 거다.
>   ―「이름을 불러 줄 때까지」부분

   조금은 모험적이기까지 했던 '창비청소년시선'의 여정이 어느덧 아홉 번째 발걸음을 내디뎠다. 이 반갑고 고마운 노래가 더 많은 청소년에게 그들의 이름을 불러 주는 목소리가 되기를 기대해 본다.

시인의 말

스물두 살, 처음 교단에 섰을 때에 아이들은 연둣빛이었다. 나는 하양, 빨강, 파랑, 노랑 분필로 봄과 여름을 노래했다.

삼십 년 하고도 삼 년째다. 아이들은 여전히 연둣빛이다. 분필도 똑같은 색깔이다. 하지만 칠판 가득 판서를 하고 목청을 돋우다 보면 분필이며 손가락이 새까맣게 탄다.

이 시집은 그 세월을 나와 함께한 토막 분필과 몽당연필에 대한 반성문이다. 내 절망과 아이들의 초록빛 목소리를 담고 싶었다.

미안하고 고맙다.

강을 굽어본다. 강 건너 포플러나무 이파리가 반짝거린다. 저 강의 너비와 깊이를 만든 건 무자비한 홍수였을 것이다. 흙

탕물이 덮쳤던 강바닥으로 흰 새가 난다. 강바닥이 깊을수록 커다란 홍수를 이겨 낸 증거다. 삶의 가장 낮은 꼭짓점에 청춘이 있다. 툭 차고 올라 새의 날갯짓이 되자. 포플러나무의 푸른 춤이 되자.

몇 마디 덧대려다 보니,
손마디가 다시 고욤처럼 검어진다.

부끄럽고 고맙다.

2017년 5월

이정록

창비청소년시선 09

까짓것

초판 1쇄 발행 • 2017년 6월 15일
초판 9쇄 발행 • 2024년 5월 28일

지은이 • 이정록
펴낸이 • 김종곤
책임편집 • 설민환·정편집실
펴낸곳 • (주)창비교육
등록 • 2014년 6월 20일 제2014-000183호
주소 • 04004 서울특별시 마포구 월드컵로12길 7
전화 • 1833-7247
팩스 • 영업 070-4838-4938 / 편집 02-6949-0953
홈페이지 • www.changbiedu.com
전자우편 • contents@changbi.com

ⓒ 이정록 2017
ISBN 979-11-86367-58-2 44810